中国孩子必读的世界经典名著书系

青少版

外国经典寓言精选

编 著：周胜男

黑龙江美术出版社

图书在版编目（CIP）数据

外国经典寓言精选 / 周胜男编著. -- 哈尔滨：黑龙江美术出版社, 2013.1（2018.7重印）
（中国孩子必读的世界经典名著书系）
ISBN 978-7-5318-3848-7

Ⅰ. ①外… Ⅱ. ①周… Ⅲ. ①儿童文学 - 寓言 - 作品集 - 世界 Ⅳ. ①I18

中国版本图书馆CIP数据核字(2013)第020456号

外国经典寓言精选

编　　著/ 周胜男
责任编辑/ 陈颖杰　于　澜
装帧设计/ 郭婧竹
出版发行/ 黑龙江美术出版社
地　　址/ 哈尔滨市道里区安定街225号
邮政编码/ 150016
发行电话/（0451）84270514
网　　址/ www.hljmscbs.com
经　　销/ 全国新华书店
印　　刷/北京一鑫印务有限责任公司
开　　本/ 720 × 1020　1 / 16
印　　张/ 11
字　　数/ 100千
版　　次/ 2013 年 1 月第 1 版
印　　次/ 2018 年 7 月第 2 次印刷
书　　号/ ISBN 978-7-5318-3848-7
定　　价/ 34.80元

前　言

凡可称经典者，必具备以下特质：第一，经由人类文化、文明史千锤百炼般检验后依然万古长存，深受一代代读者的垂青和热读；第二，不会因为社会政治、经济、文化环境的变迁而改变传播命运；第三，所蕴含的人生理念、美育观点、知识能量、人伦教理，永远是人类正能量取之不竭的源泉，即所谓的“源头活水”；第四，具有人类普世的价值内核。当然，经典有时会表现出那么一点点的不与时俱进，有时还会表现出那么一点点的非现代化，但是经典永远不会引领人类走向歧途。对于一个民族来说，没有经典文化的代代传播和代代阅读，这个民族就没有立足世界的本根；同样，没有经典的世界，也就妄谈人类文明。经典文化犹如快速奔跑、努力拼搏着的人类的老母亲，她会在你时而有些忘乎所以的狂热之时提醒你一句：放慢脚步，等一等你的灵魂。正因为如此，在人类现代化程度如此之高的21世纪，阅读经典的热潮才会一波高过一波，这是人类的希望所在。因为人类没有因为高科技带来的现代快节奏生活而忘记深情回望一眼自己的母亲，再聆听一下母亲那似乎有些老套但绝对本质的叮咛。

“少而好学，如日出之阳。”阅读经典从青少年开始，就会牢牢铸就孩子一生的营养健康基因。这种营养的投入，就像某种产品的间接成本，你说不上它作用于孩子未来的哪一个方面，但绝对是成就孩子理想健康人格和综合素质所必要的。

这套青少年版用眼镜蛇卡通形象为标识的经典文化书系，由三个系列组成，第一系列："影响孩子一生的国学典藏书系。"它荟萃了中华文化浩瀚海洋中的精华，从古老的《诗经》到浪漫的唐诗、宋词、元曲、明清小说，从经典的蒙学读物到诸子的智慧篇章，从充满想象力的神话故事到上下五千年的历史……可谓循序而进，万象毕集。第二系列："中国孩子必读的世界经典名著书系。"它汇集了世界经典文学读本，意在通过世界不同语言国家的经典名著的阅读，打开孩子观望世界的窗口，培养孩子博大的文化胸襟，融入世界的思维方式和情感趋向。毕竟，人类已经进入了地球村的时代，世界经济也正在走向一体化。第三系列："中国梦·青少年爱国励志篇。"它囊括了为国牺牲、献出年轻生命的英雄们的故事，刘胡兰、董存瑞、雷锋等人物形象历历在目，栩栩如生，旨在让青少年在阅读中重温过去，了解历史，感受革命与传统的震撼，感受红色浪潮的冲击，从而受到爱国主义、民族精神的教育。

最后须要强调的是，"经典"是一个开放的系统，因此本套"眼镜蛇经典文化书系"在现有诸多品类的基础上，还会不断增加新的内容，以满足青少年读者的阅读渴望。

编　者

目 录

狮子和老鼠

我们必须明白一个道理，那就是我们经常会需要比自己弱的人的帮助。相信下面我讲的故事会让你明白这个道理。

有一天，一只老鼠钻出了地洞，不小心被狮子抓住了，狮子为了显示它作为百兽之王的大度，发慈悲放了这只可怜的老鼠。

但是谁能想到，不久之后，这只小小的老鼠能够解救我们英勇无比的狮子呢！

然而就在某一天，狮子在森林里散步时，不小心掉进了猎人的陷阱里，无论怎么努力都摆脱不了困在身上的网。

就在这时，那只被狮子放了的老鼠经过这个地方，发现了被困的狮子，它奋力地咬，最后终于咬断了一根线，解开了这张困住狮子的网，救出了狮子。

看来有时候耐力和时间比能力更重要。

狐狸和山羊

狐狸和山羊是好朋友，有一次，他们结伴出行。走着走着，他们都口渴了，就跳进一口井里喝水，喝完后狐狸对山羊说：

“我们现在该出去了，伙计，现在你把你的脚抬高，还有你的角，把它们紧贴井壁，我先从你背上爬上去，你再用角把我顶上去，这样我就可以出去了，然后我再来拉你出去。”

山羊回答说：“真是个好主意，朋友你可真聪明。我可想不出这么好的计策。”

就这样，狐狸爬出了水井，却把他的朋友留在了井里，他叫山羊耐心等待。

狐狸说：“如果你的智慧和你的胡须一样多的话，想必你也不会轻易地跳进水井喝水了。现在我爬出来了，你就自己想办法出来吧！”说完，大摇大摆地离开了，留下了可怜的山羊还在井里悲鸣。

这个故事告诉我们，做任何事情前都要考虑好后果。

老鼠和大象

一只最小的老鼠看到一只最大的象。这只大象背驮重物，于是它嘲讽这只出身高贵的大象那舒缓的动作。

在它那好似三层楼高的象背上，坐着一位声名显赫的苏丹王后，大象还同时驮着她的猫、狗、猴子、鹦鹉、年迈的女官和其他一些东西。

她们此行是去朝圣，人们齐聚路旁欣赏着这个庞然大物。

见到这一情况，老鼠很不理解地说："以身体的大小决定我们的高低贵贱，真是不公平。难道因它个子大，孩子们看了就怕？虽然我们个头小，但我们觉得一点也不比大象差。"

老鼠本来还想作长篇演说，但这时从笼子里钻出了一只猫，打断了它的雅兴。

然而就是这只猫让它明白了：一只老鼠是如何不如一头象。

弓的主人

一个人有一张上好的用黑檀木做成的弓，这张弓很耐用，他非常珍爱它。

但是，有一次，当他仔细打量它的时候，他说：“你长得太朴素了，都没有什么装饰。”

他想了想，“我要去找最优秀的匠人，让他在你身上刻些花纹。”

他去了，要求匠人把整个行猎的场面都雕在弓上。

匠人很快就完成了雕刻。当主人再次拿到这个漂亮的弓的时候高兴极了，说道：“你早就应该这么漂亮了，这样才能配上你的能力，我亲爱的弓！”

说着，他想试一试这张弓，他拉紧了它，

可是这张好看的弓因为雕刻过多一下子就断了。

老鹰和猫头鹰

老鹰和猫头鹰停止了互相的争斗，她们甚至互相拥抱以表示亲密，并决定不再互相吞食彼此的孩子，一个用鸟中之王的信誉担保，一个则以枭族的诺言担保。

“你认识我的孩子吗？”猫头鹰问道。

“不。”

“完蛋了！”猫头鹰叹息道，“我那些可怜的孩子，保住他们的命真靠运气了。因为你是百鸟之王，不会把小事记在心上，假如你遇到我的孩子而又不认识他们，那他们的小命一准送掉。”

“你把他们的样子讲给我听听，”老鹰提议说，“要不然指给我看几眼也行。我向你保证，我不会伤害你的孩子。”

猫头鹰用着所有慈祥母亲的语气说道："我的小东西长得娇小动人，漂亮可爱。单说这些特点你就能轻易地辨认清楚。请记好了，千万别忘掉，要不然，死神就会到我家中，把死亡降临在他们头上。"

没多久，猫头鹰生产了。有天傍晚，猫头鹰离开家外出给孩子寻食，老鹰正巧看到一座塌了的房子的洞中，有几个长得怪模怪样的小东西，他们面目丑陋，神态阴郁，发出的叫声阴森森的。

老鹰见状说："这应该不会是我朋友的孩子，就让他们作我的晚餐吧！"鹰这家伙干这种事从来都是干净利索，这顿饭吃得真可口啊。

不一会儿，猫头鹰回家了。天啊，它看见自己的孩子被吃得只剩下几只爪子，伤心得晕了过去。她向大家哭诉，并向神哀告，祈求严惩这丧心病狂的强盗。

这时有街坊对她讲："你还是反省反省自己吧。人总是觉得自己的孩子漂亮可爱，比别人家的要好。谁让你在老鹰跟前把自己的孩子夸奖得那么可爱？老鹰自然是认不出来他们啦！”

纸和墨水

桌子上放着一叠发黄的旧白纸。一天，主人用笔蘸了墨水，在一张纸上写满了字，还画了一些奇形怪状的图案。

“你这肮脏的东西，你怎么能这样呢？”这张纸向桌子上的墨水抱怨，“你这洗不掉的墨水粘在我身上毁了我的前程，我现在这副模样，还有谁会喜欢我？”

“不要生气，朋友，”墨水微笑着说，“我从没想过要丑化你，也没有那样做。落在你身上的墨迹，都是有用的资料。从现在开始，你不再是普通的纸了，你记载着人类的智慧，你已经实现了你的价值。”

过了几天，主人在整理文件的时候发现了这堆散乱、发黄的白纸。他收拾起来准备扔到炉子的火焰中去，突然看见了那张“被沾染墨水”的纸，然后小心翼翼地收起来放到文件夹里，当作珍贵的资料保存起来，至于其他的旧白纸，则被火烧得一干二净了。

黄蜂和蜜蜂

通过鉴别手艺可以找到工匠。

有一天，有一些无主的蜂蜡被发现，黄蜂想认领走，但蜜蜂不依。这个案子交给了胡蜂，这是个难办的问题。蜜蜂的证人说，曾在蜂蜡周围看到了一些昆虫，扑扇着翅膀嗡嗡叫，身子稍长，深褐色，模样像蜜蜂。但这种证词等于没说，因为黄蜂也是如此。

胡蜂不知道该怎么办，就进行了新一轮的调查。为了把事情搞清楚，胡蜂去请教了蚂蚁，但是经过半年时间的调查，仍然没有结果。最后，一只聪明的蜜蜂提出了个好建议，它说：

“这个案子拖了近半年，蜂蜡再不处理将变质，而情况却毫无进展。我建议，请黄蜂和我们一起去采蜜，看一看谁能用这么好的甜浆造出如此漂亮的蜂房。”

黄蜂马上拒绝了这一合理要求，因为这已超出了他的能力。经过简单的论证，胡蜂把蜂蜡判给了蜜蜂。

愿上帝就以事实为依据来处理诉讼案，希望大家学习土耳其人简便、迅速的判案方法。有时候，最基本的常识就能代替法律，没有必要去花如此之多的诉讼费。要知道，在这漫长的诉讼期内，给人提供了骗取钱财的机会，害苦我们。到了最后，却是法官吃牡蛎肉，判决给诉讼人的只剩下壳了。

驮海绵的驴和驮盐的驴

一个驴夫，正在赶两头驴，一头驮着海绵，跑得很快；另一头则驮着沉沉的盐，不赶就不走。

这几位旅行者一路翻山越岭，最后来到了一条河边，这可让他们为难了。驴夫每天都要蹚过这条河，于是他就骑上了驮着海绵的驴赶着另一头准备过河。

可是驮着盐的驴十分任性，闭着眼睛瞎走不听指挥，一不小心，就掉进了一个水坑，等到他浮出水面，顿时觉得身上没有了重负，原来是身上的盐溶化了。那头驮着海绵的驴看到这种情况，故意摔了一跤，但是由于海绵吸了很多的水，压得驴爬不起来，驴夫抱着这只可怜的驴等待着过路人的帮助，最后终于得救了。

现在那头驴得到了教训，明白了同一个方法不是适用于每个人的。

太阳和北风

太阳和北风看到一个旅行者的时候，打了一个赌，看谁能将路人的衣服脱下来。

北风说：“这个家伙肯定没有想到，我可以把它的衣服吹得一个扣子都没有，只要我愿意，我都可以把他的大衣吹得毫无踪影。”

于是，北风鼓足了气，开始怒吼起来，它呼啸着，使劲地刮起了风，但是那位旅行者却因此把衣服裹得更紧了。看来北风是失败了。

“还是看我的吧！”太阳说。于是太阳赶走了乌云，照得旅行者身上暖洋洋的，都有点出汗了，于是他把身上的衣服脱下来了。

由此可见，温柔的力量有时强于暴力。

乌鸦和狐狸

一只乌鸦停在一棵树上，嘴里叼着一块肉。一只狐狸被肉的香味吸引过来了，他对乌鸦说：

“亲爱的乌鸦，你好。你可真美啊，如果你的歌喉和你的羽毛一样的美丽，那么你就是名副其实的百鸟之王啦！”

听了这些话，乌鸦非常地得意，为了向狐狸展现他那动听的歌喉，乌鸦张大了嘴巴，就这样嘴里的肉掉下来了，狐狸乘机叼起来，对乌鸦说：

“亲爱的乌鸦，你要记住，所有阿谀奉承的人都是靠损害爱听吹捧的人的利益过日子的。这次你的肉就算是买个教训吧！”

乌鸦十分地惭愧，发誓再也不会上这种当

了，可是这个时候悔悟有点晚了。

世界上像乌鸦一样的人很多，他们喜欢听别人的奉承，而不管自己是不是真的有这个本领，最后只会上了别人的当，吃了哑巴亏。

财宝与两人的处世经

有一个人断了财路，无处借债，穷得一贫如洗。想来想去，只有悬梁自尽，了却一生，因为即使他不自杀，也会被饿死，饿死对于一个原本不想死的人来说，滋味更不好受。心意已决，他来到了一间破旧的房子中，在墙的高处钉个钉子，然后把随身带来的绳子挂起来。谁知这墙旧得不堪一击，刚钉了几下就坍塌了，不想却掉出了金子。

这真是喜从天降，这个绝望的人马上拾起金子带着回了家，而把绳套留在了破房中。他顾不上数钱，因为现在不管有多少钱都能救他的命。就在这幸运的家伙开心地离去时，藏金之人来到了，他发现自己所藏钱财不翼而飞，顿时急傻了。他喃喃地说："这可怎么办，我还在世可这笔钱却弄丢了！真是急死人，现在手上要是有根绳索，我都想自尽算了！”说着他一眼瞥到了留在屋中的那根绳索，十分绝望的这个人把脖子伸进绳套里，就这样悬梁自尽了。这人唯一能安慰自己的就是别人已替他准备好了上吊的工具，也正如他为别人准备好了钱财一样，命运就这样戏剧性地转换了。

小气的人临死前很少有不哭的，因为他想着自己省吃俭用留下的财富不能再占有，甚至是为小偷、自家的亲戚或者说是为掩埋财物的土地准备的，想到这些怎么会不令他伤心落泪呢？命运女神变化无常，她的性格决定了她主导的事情是多么令她满足、欢娱。因为女神的突发奇想，不想看到不幸的人去上吊自尽，却让最没有思想准备的人上了吊。

两个谋熊皮的伙伴

有两个伙伴很缺钱，于是他们向邻居皮货商预售一只还未被打死的熊的皮。他们起誓说，将马上去把熊杀死，据说这是一头熊中之王，商人可以因此发一笔大财，因为人们可将其做成两件皮袍，以抵御刺骨的严寒。且这张熊皮的标价远远低于商人丹德诺给他羊群的标价，这当然是他的一厢情愿，而没有考虑到是否可以打得到熊。两人答应两日之内交货，在谈妥了价钱后就开始进行搜捕猎物的工作。

当他俩看到这头熊正朝他们奔来，吓得如雷击顶一般。（这桩买卖可算是泡了汤，合同恐怕也得作废。庆幸的是关于违约的罚款商人没有提及。）这时，一个伙伴爬上了树梢，另一个则早就吓得面如死灰，一身冰凉，他赶紧趴在地上屏住呼吸装死，因为他以前听人说过，熊不喜欢吃死人。这头熊见地上躺着一个人，不知是死还是活，于是把他翻过来摆弄一番，又用嘴去嗅这人的鼻息。“这是一具尸体。”熊说完就离开到附近的森林中去了。

树上的伙伴从树上滑了下来，跑到装死的伙伴身边说，这真是个奇迹，还好虚惊一场。“那么，”他接着问，“熊皮怎么办？熊在你耳旁都说了些什么？它离你是这么的近，还用它的大熊掌把你翻过来转过去的。”

“它告诉我，千万不要图谋出售一张还没有被打到的熊的皮。”

狐狸和樵夫

狐狸为躲避猎人们追赶而逃窜，这时候他遇见了一个樵夫，希望樵夫能帮助他，樵夫让狐狸去他的小屋里躲着。

一会儿，猎人们赶过来了，他们向樵夫打听狐狸的下落，樵夫一边大声说不知道，又一边做手势，告诉他们狐狸躲藏的地方。猎人们相信了他的话，并没有看到他的提示。

狐狸见猎人们都走远了，便直接从小屋里走出来了。这时樵夫责备狐狸，说自己好心救了他一命，居然不感谢自己。狐狸回答说："如果你的手势与你的语言是一致的，我自然会好好感谢你。"

穴乌和孔雀

穴乌狂妄地假装孔雀，自吹自擂，看不起同辈，说它一无是处，它在院里收集落下的孔雀毛羽，夹在自己的毛羽中间，扬扬得意地走到孔雀中间，像孔雀一样神气。

孔雀对它可不客气，把它身上的孔雀羽毛剥个干净，连它自己的羽毛也遭了殃。穴乌之后带一副可怜相回家，脸都丢尽了。就连同伴都瞧不起它，讥笑它，把它赶走，没有它的容身之地。

这个故事告诉我们，做人不要太虚荣，顷刻的光荣会使他付出高昂的代价。

橡树和芦苇

一天橡树对芦苇说："你有充分的理由控告大自然，一只鹪鹩对你来说是一种负担，即使那种偶然吹皱水面的微风，都能迫使你低下头颅。而我呢，我的额角就像高加索的山峰，它不但能阻止阳光，而且还可以抵挡风暴。对你来说的狂风，对我就像和风一样。如果你生长在我的叶子下面，我的浓荫能把周围都遮蔽。我会保护你不受暴风的袭击，你也就不用再受苦了。"

芦苇回答他说："感谢你的同情，但是不用担心，风对我来说并不像你说的那样可怕，我只要俯下身来就折不断，而你直到现在始终抵抗着它的猛烈冲击，从来没有弯过腰。不信我们等着瞧吧。"正当他说这些话的时候，北风呼啸而来，芦苇弯下了腰，橡树却挺直了身体。这时风加强了它的威力，最后把刚才还得意的橡树连根拔了起来。

石和火镰

有一天，火镰猛烈地敲打着火石。火石被激怒了，对火镰喊道："你怎么这样子，我又不认识你，你干吗老往我身上撞？我招惹你了吗，能不能让我安静一下？"

"朋友，别生气呀，"火镰微笑着说，"你再忍耐一下，就会发现，我在你身上能够创造奇迹。"火石听了这话不再吭声了，他耐心地忍受着火镰的撞击。最后，火石迸发出了火焰，火石非常高兴地跳了起来。

这个故事是写给那些缺乏耐心、不能坚持不懈的初学者的。

吹牛的公鸡

有只老鹰在村子上空飞翔，想要下来抓小鸡。猎人看见对准一枪，可怜的老鹰被打中了顿时掉在地上。可是鹰毛在地面上飘了很久。这时一只公鸡从矮林里正往外走，一看，他平时最怕的家伙现在一动都不动，公鸡顿时变得威武万分！他的那顶鸡冠简直跟血一样红。

他大声嚷道："喂，鸟儿们，都出来瞧一瞧吧！"鸟儿飞来一看，咦，老鹰在公鸡脚下。

"大公鸡，你真是英勇！"大家都夸赞道。

这位吹牛的公鸡越来越威风。他用战胜者的姿态向四面瞅。这时有一位朋友过去把那老鹰翻个脸朝天，从毛里面一啄啄出颗子弹，接着又是一颗。于是大家都明白老鹰真正的死因了，大公鸡顿时没有威风的力气了，大家都在嘲笑他。

常春藤

篱笆后面，常春藤拼命地缠绕着山楂树的树干。终于有一天，他爬到了树梢。“真累啊，我要先休息一会儿。”他一边伸着懒腰一边自言自语。睡醒了以后，他开始观察四周的景色。马路对面的篱笆吸引了他的目光。

“那篱笆真好看，又高又帅气，我开始喜欢他了。”常春藤说，“我可不想一辈子待在一个地方，那多没意思。”

爱慕虚荣的常春藤从此不再平静。他慢慢伸长身子，朝着朝思暮想的目标爬去。一天天过去了，他的藤蔓终于钩住了对面的篱笆桩子。常春藤高兴极了，开始觉得自己很了不起。

天黑的时候，过来一个骑自行车的人，横

在路上的藤条绊了他一下，于是过路人把藤条扯断，直接扔进了路边的臭水沟。

兔子和乌龟

一只兔子得了疟疾，躺在一丛矮林子底下。得了这个病可不好受，兔子一会儿发冷，一会儿热得挺可怕。它昏沉沉净说胡话。这时恰巧走过一只小乌龟。兔子叫她：“姑娘，给点水喝，我的脑袋发晕，连站起来的力气都没有，帮帮忙吧！”乌龟自然答应了，可是过了一个钟头，两个钟头，再过一个钟头天就黑了，兔子怎么等也不见乌龟回来，他开始大骂那乌龟：“你这混账东西！怎么这么慢，为喝口水害我等了一天。”

“我好心帮助你，你怎么可以骂我？”乌龟回答道。

兔子叹了口气：“唉呀，你总算回来了。”

“不不，小兔，我正要往河边给你打水去呢！”

可见，有紧急事想要找谁，可千万别找慢吞吞的乌龟，不然会倒霉的！

栗树和无花果树

有一个人灵巧地爬到无花果树上，在树上找寻熟透的果子吃，吃得津津有味的。

栗树看在眼里开始不满地抖动着树梢对无花果树说："喂，我的可怜的邻居，你瞧你长得多么难看，我真怀疑你是不是得罪了大地母亲，不然怎么会长成这样，你看看我是多么的英俊，我的果肉也十分鲜美，当然它们不像你的果肉那样让人唾手可得，它们藏得非常严实。"

说着，栗树向自己的果实投去同情的目光，接着他又自满地说："看看它们打扮得多帅气，大地母亲给它们穿上质地厚实的、坚硬的皮盔，还在外面缀满了尖刺。人们想要得到它，比要看到自己的耳朵还难！"

无花果树听了栗树的话，觉得很好笑，笑了一会儿，他回答说："你这样对别人乱加褒贬，是对别人一点都不了解的原因，聪明的人们想得到你的果实根本就不难，他们可以轻而易举地用棍子、石头或长杆将你的果实打到地上，打得你心惊胆战，然后就在地上使劲地踩踏栗子，或是用坚硬的石头去砸它们，你那些可怜的孩子们就会争先恐后地从刺壳里往外蹦。"

说完，无花果树深情地闭上双眼，享受着凉爽的风，接着说道："我感谢大自然，因为人们用他们的手摘取我的果实，从不用石头、木棍之类的东西敲打我，所以我也要用我的爱去报答他们，甘愿奉献自己多汁美味的果实，为人们带来满足。"

小心谨慎的鸟医生

狗熊的脖子上长个疖子，他非常苦恼，没法喘气，没法睡觉，既不能坐，也不能卧。狗熊于是请来啄木鸟，请他马上把这疖子啄破。这位医生一进门，这边看看，那边瞧瞧，把个疖子四面看了个遍。可是他怎么也不肯啄破这个疖子，最后他对狗熊这样说道："这鬼东西要是晚上自己还不破，到那时候只好我们来啄破它。可是说到嘴尖，那猫头鹰才是最厉害！"狗熊只得去请猫头鹰，晚上眼睛一夜没闭。

到第二天清早，猫头鹰来了，一飞来就坐下，开始研究怎么办，最后得到一致的意见："疖子暂时不动为妙！要是到了晚上它还不破也不穿，再把大家叫来，外加一只仙鹤，谁都知道仙鹤眼睛最明亮，而且嘴也长！”可怜狗熊这时在墙角里尽打滚，不小心压到了一只蜜蜂。这勇敢的蜜蜂就像平时一样狠，在狗熊的毛里嗡嗡嗡地猛扎一针。没想到，这只蜜蜂居然救了狗熊的命！

鸟医生们听说后叹口气，心里也一阵轻松：倒不是因为蜜蜂刺得准，而是因为那只小蜜蜂承担了他们本应负的责任。

象画家

象画家画了一幅风景画，他想在展览画之前先给朋友们看一下。但是他担心自己的画不受好评，不知道将要听到什么评价。等到朋友们来了，象把画布拿掉。朋友有的近看，有的远瞧。

鳄鱼先说："我看画得很不错！就是可惜我没看见尼罗河！"海豹说："没有尼罗河有什么关系，可我怎么没有看到冰雪？"田鼠觉得奇怪，说道："还有东西比冰雪更重要！菜园，画家怎么能忘掉？"接着猪说："画不错啊，各位朋友。但是我觉得上面应该画些橡果。"所有意见象都接受，拿起画板重新动手，他想用他的一支画笔，使得朋友个个满意。他画上了冰天雪地、橡树、尼罗河、菜园子，最后象把这画改完后，重新请朋友们再到他家中。

客人把画瞧上一瞧，大家都轻轻地说：“真是乱七八糟！”

你看，千万别学这象，朋友！朋友的意见听听是没有错，凡是单为迎合朋友心意，结果只会害了自己。

狮子和公鸡

一大早，百兽之王狮子醒了。他伸个懒腰，爬起来径直走向河边。为了显示自己的威风，让到河边饮水的各类小动物知道自己的来临，狮子昂起头发出一声惊天动地的长吼。

突然，狮王听见一种异乎寻常的声音。他立刻停住脚步，回头张望，只见一匹浑身冒着热气的烈马驾着一辆双轮马车，正风驰电掣地奔跑，车轮压在石头上，发出很大的响声。

狮王从来没有见过这样的怪物，吓得他眯起双眼，急忙躲进附近的草丛。马车跑过之后，狮王定了定神，才走出来四处张望。最后，小心翼翼地走到河边。

还没等狮王走上几步，又听见一声刺耳的鸣叫。这是一只大嗓门的大公鸡在引吭高歌。

狮王收住脚步，站在那儿一动也不动，全身有些微微发抖。大公鸡存心想要戏弄狮王，于是把嗓门扯得更高，边大声啼叫，边在周围乱跑乱跳，自豪地晃动着猩红的鸡冠子。

狮王从草丛后面只能看见抖来抖去的红色鸡冠，听到怪叫声，不知道是什么怪物在大叫。狮王开始感到惊慌失措，他忘记了口渴，匆匆窜到密林深处，逃命去了。看来即使是森林里最勇猛的狮子，在不了解情况的时候也会草木皆兵。

核桃和钟楼

一天，一只乌鸦不知在哪里捡到一颗核桃，于是他叼着核桃上了钟楼。他用爪子按着核桃，不停地啄着。可是这颗顽皮的核桃突然逃掉了。他先滚了一会儿，然后就掉进墙缝里，不见了。

“墙，我亲爱的朋友！”核桃从乌鸦的嘴里逃出来后开始可怜巴巴地说，“感谢上帝，你被建造得如此宏伟，又挂着那么多漂亮的钟。它们的声音可真好听！拜托你救救我，摆脱乌鸦的袭击吧!”可是墙却沉默没有回答。

“墙，求您了！”核桃更加悲伤地说，“我知道我悲惨的命运使得我注定要从核桃树上掉下来，落进铺满黄叶、肥沃的土壤里，可是现在我既然逃出来了，你可千万要拯救我啊！”

核桃接着又说：“当我被野蛮的乌鸦叼在嘴里时，我就发誓：如果上帝保佑我逃出来，不管我会流落到多么艰苦的地方，我也心甘情愿地在那里度过我的余生。”

钟听到后开始轻声地对着墙壁嘀咕：“你可小心点啊，听说核桃可是个危险人物。”

“危险？会吗？他是那么的渺小。”最后墙回答了钟。

在核桃的苦苦哀求下，墙终于发了善心，决定把他留下来，反正他掉在那儿，就让他在那儿老实待着吧！

不久，核桃在墙上生根发芽，长得特别迅速，枝叶非常繁茂，不久就长到钟楼上了。他的根须粗壮有力，正在悄悄地毁坏墙壁，最后把旧墙挤倒了。

当墙壁意识到核桃带来的危险时，已经没有时间了，最后他长叹一声，说：“我真后悔，当初没有听钟的劝告啊！”

森林和小溪

小溪一面沿着林间潮湿、阴暗的地方，在沼泽和苔藓中间轻轻地流过，一面抱怨森林遮住了他，遮住了明朗的天空和遥远的四方，使他既见不到灿烂的阳光，也吹不到轻拂的微风。

“要是有人来把这些讨厌的森林砍掉该多好啊！”小溪心想。

“我的孩子！”森林温和地回答道，“你还小哪，你还不懂得，正是我的阴影，才使你不会因为太阳和风的影响而干涸，要是没有我的保护，你那小得可怜的一股水流，早就干了。不要担心，你现在应该先在我的树荫下养精蓄锐，然后才能奔向开阔的平原，到那时候，你就不再是一股微弱的细流，而是一条强大的河流了。那时候，你才能够在自己的水流中映照出灿烂的阳光和明媚的天空，才能安安稳稳地跟强大的风暴一道翻腾而不致受到损害。”

国王的苍蝇

“为什么这些乞丐一样的苍蝇在我宫廷周围飞来飞去，”国王大声叫道，“难道你们不会把这些苍蝇打扮得漂亮些，让人们都羡慕我国王的金苍蝇吗？”

宫廷侍从们于是忙坏了，四处捕捉苍蝇，给它们涂上金黄的颜色。但这些涂了金的苍蝇最后都一齐死掉了。

这时有一位农夫来见国王并告诉他：“陛下，为什么您一定要给苍蝇涂上一层金呢？只要陛下吩咐赏赐给我一些金子，我就可以到邻国去替陛下买来真正的金苍蝇。”

国王一听十分高兴，给了农夫一袋黄金。农夫带上金子，回到村里。他在粪堆上捉来了许多红头大苍蝇，然后带去献给了国王。

“这苍蝇真好看，一眼看去，便知道是我国王的。”看到这些红闪闪的苍蝇，国王喜出望外地说。这无知的国王也许不知道，苍蝇都是一样的。

两个儿子

从前有一个商人，他有两个儿子。父亲疼爱的是大儿子，打算把自己的全部财产都留给他。可母亲很爱小儿子，她劝丈夫先不要宣布分财产的事。因为她希望两个儿子都能得到财产。丈夫听从了她的劝告，暂时没有宣布财产的分配。

母亲为财产的分配感到十分苦恼，一天她在窗边哭泣，被过路人看到了，过路人问她为什么这么伤心。她回答说："我能不伤心吗?对我来说，两个儿子都一样亲，可他们的父亲却想把所有的财产都留给大儿子，而小儿子最后什么都得不到。我请求丈夫先不要向儿子们宣布他的决定。但是我自己没有钱，我不知道怎样才能解决这件事。"

那个过路人说："这不难做到。你只管跟两个儿子宣布好了。"

听完遗产的分配后，小儿子就离家到外地去自谋生路了。他在外地学会了手艺，增长了见识。而大儿子因为知道自己能继承父亲的遗产，便开始大肆挥霍，不学无术。

商人死后，大儿子没有学会谋生的本领，把父亲留下的所有财产都花光了。而小儿子却因为学会了挣钱的本事，变得富裕起来。

耕牛和牛虻

夏季，有一天，耕牛带着犁杖回到家里。他累得不行，几乎不能好好站着。大群牛虻嗡嗡地叫唤，在他的身体上面飞来飞去，谁都能理解，可怜的耕牛是什么心情。他吃力地挪动几步，挥着尾巴，转着犄角，还用蹄子去碰自己的肚皮。

一只牛虻叮上了耕牛的背脊，说话问候，多情多义："亲爱的朋友，你好，我多么爱你！你在我眼中永远是可爱无比！我向你发誓，决不将你抛弃。咱们到处形影相随，水里火里我也陪伴着你。现在我要和你前往丰茂的草地，亲爱的，你为什么脸色这般阴郁？"

"去你的吧，可恶的吸血鬼！你以为我不知道你多卑鄙，你在喝饱我的鲜血以前，会赌咒发誓地说爱我爱得痴迷。我恨透了你！”说完，耕牛用尾巴抽一下自己的背脊。这只牛虻当场呜呼哀哉咽了气。

狐狸沉油罐

狐狸来到一个村庄，闯进一所屋子，那里面刚好一个人也没有。狐狸在屋子里看见一只油罐。这只油罐，罐口很深。

“我怎么才能喝到里面的油呢？”狐狸走到油罐跟前，将脑袋死命往油罐里钻。他把脑袋一塞进油罐，就美滋滋地喝起油来了。

主人突然回来了，狐狸想把自己的脑袋从油罐里拔出来，可是就是拔不出来，他只得脑袋套着油罐仓皇逃命。

他逃啊逃，一直逃到河边对油罐抱怨：“油罐老兄，你玩笑开够啦，放开我吧！”可是，油罐依然套在头上。狐狸又说：“我这就把油罐放进冰窟窿里冻结起来，然后把你砸个粉碎。”他走到冰窟窿前，把脑袋连同油罐一起钻了进去。油罐又大又重，很快地沉到河底；就这样，狐狸套着油罐淹死了。

松鼠和狼

松鼠在树枝上跳来跳去，不小心摔了下来，掉到一条睡着的狼身上。狼猛地跳起来，抓住松鼠，就要吃他。松鼠央求狼说：

“请你放了我吧！”

狼说：“好吧，我可以放你，只要你告诉我，为什么你会这样的快活。我老是觉得很烦恼，可是瞧你们，似乎没有烦恼一样。”

松鼠说：“请你先放我回到树上去，我就告诉你。”

狼把松鼠放了，松鼠到了树上，就对狼说：

“你觉得烦恼，是因为你太凶狠，心肠太坏啦。我们快乐，是因为我们心地好，不欺负别人呀。”

熊、猪和狐狸当农夫

从前，熊、猪和狐狸本是好朋友。一天，他们决定动手开垦一块地，种上麦子，自己正大光明地做面包吃。他们商量着劳力分配的问题。

猪说："我负责拱开麦仓，把种子偷出来，然后我用鼻子松土。"

熊说："我来播种。"

狐狸说："我用尾巴将土耙平。"

分好工后，他们很快就耕好田，播下种，耙平了地。

时间真快，收获的季节来临了。三个朋友又开始商量如何收割的事情。

猪说："我来割麦子。"

熊说："我来捆麦把。"

狐狸说："我来捡麦穗。"

麦子收割后，该怎么脱粒呢？

猪抢着说："我去整理打麦场。"

熊说："我将麦捆扛到打麦场上，我来负责打麦。"

猪补充道："我来抖麦把子，让麦子从梗上落下来。"

狐狸说："我用尾巴将打下的麦粒中的糠秕杂草清理干净。"

等麦子打完了，熊便开始分配。他分得很不公正。按照猪的要求，熊只将麦秸分给了猪，而将打下来的麦子全部归已所有。狐狸连一粒麦子都没分到。

狐狸火冒三丈，威吓他俩要去告状。他说："我要去请一位公正的法官来，它会公平合理地分配我们的成果的。"他说完就走了。

猪和熊一听此言，都害怕起来了。熊对猪说："亲爱的朋友，你快躲到麦秸堆里去吧！我马上爬到梨树上藏起来。"于是，猪便躲进了麦草堆里，熊却上了树。

狐狸在路上碰到一只猫，他对猫说："你跟我一起走吧：我认识一处打麦场，那里有好多老鼠。"猫当然不会有任何异议，狐狸便带着他去打麦场了。一路上，猫一会儿跳到这里抓小鸟，一会儿又跑到那里逮小老鼠。

熊在树上老远就看到狐狸陪着他的一位朋友回来了，赶忙对猪喊道："啊呀，不得了啦！亲爱的猪，狐狸回来了，跟着一起来的还有一个可怕的怪物。他披着貂皮的外衣，他还能抓那些带翅膀的鸟呢！"

正当熊和猪说话时，那只猫转眼不见了。原来，他已到了打麦场，并悄悄地爬上了草堆，搜索起老鼠来了。

猪好奇地伸出脑袋想看看熊所说的那只怪物。猫却把猪的长嘴巴当成一只老鼠了，立即跳过去，用他的利爪对着猪的长鼻子一把抓去。

猪吓得魂都掉了，跳将起来，号叫着朝外就跑。他慌慌张张地一头栽进了前面的小河里。熊却以为这怪物已经把猪杀死，就要向自己进攻了，他害怕得从梨树上一头栽了下来，把肋骨全都摔断了。于是，最后狐狸占有了全部的麦子和麦秸。

农夫和蛇

伊索曾经给我们讲了一个非常愚蠢而又善良的农夫的故事。有一年冬天，农夫正在田野里散步，发现雪地里躺了一条蛇，这条蛇已经被冻僵了，躺在那里一动也不动。于是农夫把这条蛇捡起来带回了家里，根本没有考虑他这善良的举动会带来什么后果。

农夫把蛇放在做饭的灶台上，使它暖和起来。然而这条蛇刚暖和过来，连同愤怒也一起复苏过来，它把头抬起来奋力地要攻击救了自己的恩人。

农夫很生气地说："你这个忘恩负义的家伙，你怎么能这样对待你的恩人？你去死吧！"

说完他愤怒地拿起自己的斧子向蛇砍去，

一下子就把蛇砍成了三段，不一会儿蛇就奄奄一息了。

本性善良是一件好事，但是要看是对谁。那些忘恩负义的家伙是不会有好下场的。

豺狗和大象

豺狗们吃光了树林里所有的腐肉，现在没有东西可吃了。一条老豺狗想出了一个弄到食物的方法。他来到大象那里，说：“从前我们有个王，但是他被惯坏了，命令我们去干不可能的事情。因此我们决定另选一个王。我们的人派我来请你当我们的王。你和我们在一起会过好日子的；你的命令我们会照办的，我们会时时处处尊重你的。到我们的王国来吧。”

大象同意跟豺狗去。豺狗把他带进沼泽，大象陷进了烂泥里。豺狗对大象说，“命令我吧，你的任何命令我都将照办。”

“我命令你把我从这里拉出来！”大象说。

豺狗笑了。“用你的鼻子拉住我的尾

巴，”他说，“我立刻把你拉出来。”

“你以为你的尾巴能把我拉出来吗？”大象问。

“如果不可能，你为什么这样命令我？”豺狗说，“我们之所以不要从前那个王，就是因为他总给我们下办不到的命令。”

大象死在了沼泽里，豺狗们过来把大象吃光了。

好心的客店主人

从前有一个喜欢做善事的人，为了做善事，他在人来人往的地方建了一家客店，并且造好了暖和的客房、上好的炉灶，装备齐全，库房里也堆满了各种粮食，地窖里储藏着蔬菜，还备有各种水果、饮料，凡是大家能用上的都有。他想使任何在这住的人都受益，让每一个人都感到平等。

好心人做完这一切之后就离开了，他在不远的一家酒馆里等着看结果怎么样。于是陆续有人来客店借住，吃点东西，喝点水，住上一夜，要不就待上一两天。有些人按照需要用了好心人准备的衣服、靴子，用完了又收拾好，保持原来的样子，以便别的旅客接着用。大家都对那个不知名的好心人心存感激。

但有一次，客店却来了一伙霸道而粗鲁的坏人。他们抢光了店里所有的东西，还故意地毁坏财物，自己拿不到，也不让别人拿到。最后，店里被弄得乱七八糟，没有一样完整的东西。这时，他们才感到又冷又饿，又开始互相埋怨起来，接着就骂起这客店的主人来，这里怎么搞得这么乱，连看门的人也没有，还什么东西都不准备，甚至把坏人都放了进来。可是他们怎么没有想到，自己就是自己口中那些十恶不赦的坏蛋呢！

公鸡和杜鹃

“亲爱的公鸡，你唱得多么宏亮，而且多么庄严堂皇！”杜鹃说道。

“可是你呢，我的亲爱的杜鹃，你的歌才唱得好呢，如此的优美！整个森林里，再也找不出像你这样的歌手了。”

“你那美妙绝伦的歌声，真叫我回肠荡气啊！”

“然而你啊，美丽的姑娘，我可以发誓说，你闭口不唱的时候，我还在等呀等的等你再唱。我不知道你是从哪里学来的歌曲，那么纯粹，那么柔和，那么嘹亮。虽然你天生是这个样子——一只身材不大的小鸟，可是，如果论到音乐，夜莺怎么能和你相比呢？”

“谢谢你的夸奖，朋友，其实你的歌声要

比极乐鸟还要美啊。大家都是这样认为的。”

一只飞翔而过的麻雀，对她们嚷道：

“我喜欢你们那种讨人喜欢的态度，但是你们尽管相互吹捧吧，哪怕把嗓子都说哑了，你们的歌声仍然是最难听的。”

乌鸦和鸦雏

乌鸦在岛上筑巢，等到雏鸟孵出，她就开始把他们从岛上带到陆地。她用爪子抓起第一只雏鸟，带着他飞过海洋。

她飞到海洋中间，觉得累了，翅膀越拍越慢。她想，如今我还强壮，而他还弱小，我得带着他横渡海洋。然而等到他长大强壮了，我就年老体衰了，他还会记得我的辛劳，带我从这个地方飞往另一个地方吗？

于是老乌鸦便问小乌鸦，“等我老了，你长大后，你会不会也像我对你一样好？我要听实话！”

小乌鸦害怕老乌鸦会把他扔进海洋，便说：“我会的！”

然而老乌鸦不相信孩子，便松开爪子，让

他掉了下去，小乌鸦缩成一团，落进了海洋，便淹死了。

接着老乌鸦飞回岛上，然后她用爪子抓起第二个孩子，带他飞过海洋。

她又一次飞累了，便再一次问小乌鸦同样的问题，小乌鸦害怕掉进海洋，便说："我带你！"

老乌鸦还是不相信，便松开了爪子。

等到老乌鸦飞回巢里，巢里只剩下最小的一只鸦雏了。她抓起她最后的一个孩子，带着他飞过海洋。

等她飞到海洋中间累了的时候，便问："在我老的时候，你会不会照顾我，而且带着我从这个地方到另一个地方？"

"不，我不带。"小乌鸦回答。

"为什么？"老乌鸦问。

"等你老了，我长大了，我要筑我自己的巢，喂养照料我自己的鸦雏。"

小乌鸦说的是实话，老乌鸦没有让这只小乌鸦落下海去，而是用尽余力拍动翅膀，把他带上陆地，让他能够筑自己的巢，抚养自己的雏鸦。

小猫与椋鸟

椋鸟与小猫有深厚的友情，椋鸟不会唱歌却擅长议论，那小猫很讲礼貌，安静，温顺。

有一次小猫饿了，他的样子凄楚，肚子咕噜噜直叫，轻轻摇着尾巴，叫唤个不停。椋鸟教导他说：“我的朋友，你实在太傻气了，你为什么甘心忍受饥饿？放着笼里的金翅雀儿现成的午餐不吃，你呀真是太傻了！”猫儿说：“得讲良心，那怎么可以！”“猫啊，你太不懂得世情了！你说的简直就是荒谬绝伦，聪明的人绝不把它当真，对于懦弱者却是禁锢，世人谁强，谁就为所欲为，有例子可循，有证可凭。”引经据典，鸟的话儿哲理深，对于饿肚皮的猫儿很中听，于是他抓住了金翅雀把他生吞活剥了。他吃得很香，但是还是很饿。再一次听了一遍椋鸟的教导后，他对椋鸟说：“感谢你，我的先生，你使我变得聪明了。”于是他抓破了笼子，吃掉了椋鸟。

儿子做木盆

爷爷已经很老了，他耳聋眼花，牙齿也快掉光了。他吃饭的时候，饭菜经常从他的嘴里漏出来，洒得到处都是。儿子和儿媳妇非常不高兴，再也不让他上桌子吃饭了，只让他坐在火炉边吃饭。

有一次，他们给老人端了一碗饭，老人想把碗挪得离自己近一点，可碗“啪”的一声掉在地上，摔碎了。于是儿媳妇开始责骂老人，生气地将桌子一把掀翻在地，并且嚷道：“以后我就用大木盆给你盛饭好了。”老人听后只能无力地叹了口气，什么话也没说。

有一天，儿子和媳妇看见他们的小儿子在地上摆弄一堆小木片玩。父亲就问道：“孩子，你这是在做什么？”

孩子回答说："爸爸，我要做一个又大又结实的木盆，等将来你和妈妈老了的时候，我就可以用这只木盆给你们盛饭。"

夫妻俩听后面面相觑，为自己那样对待老人感到十分惭愧。从此，他们又重新把老人请到桌上吃饭，并且开始细心地照顾他。

狐狸与驴子

狐狸在路上碰上了驴子，说道：“我的驴兄，你从哪儿来？”“我刚刚离开狮子那老东西，他现在已经完全没有力气。以前他一吼，整个树林都会战栗，吓得我逃命都差点来不及。但是现在他老了，衰弱而又疲惫，简直像块木头，躺在洞里。大家已经不怕他了，他们打算要向狮子报仇。”“你应该还不敢接近他吧？”狡黠的狐狸打断驴子的话。“我？我干嘛要对他那么好，为了让他尝尝被欺负的滋味，我狠狠地蹬了他一蹄。”

这个故事告诉我们，正当你有权有位的时候你的下属不敢正眼瞅你。但是一旦你下台，失去了权势，这些人会第一个来欺负你。

苍蝇和蜜蜂

有一年春天，在花园的走道旁边，一只苍蝇摇摇摆摆地躲在一枝细茎上，看到了在附近花朵上吸吮蜜汁的蜜蜂。苍蝇用怜惜的口吻说道：“这么好的天气，你总是从早工作到晚应该早就烦透了吧?

“你看我，我就像是生活在天堂一样，每天除了跳跳舞，我就没有什么事儿。住在城市最好的房子里，认识最有钱、最有势力的人，你要是能看到我所吃的大餐就好了！结婚的宴会、生日的宴会，我高兴去得多早就去得多早，我坐在顶好的瓷盆上面，痛痛快快地大吃大喝，还有最好的酒招待我。我赶在每个客人的前面，把每一样山珍海味都尝个遍。我也喜欢太太小姐们，我绕着这些美人儿嗡嗡地飞来飞去，再不然就在她们的脸上，殷红的面颊上，或是雪白的颈子上，休息一会儿。”

“这个我知道，”蜜蜂说，“你可以为此感到骄傲，可是我听到一个可怕的谣言，谣言说，根本没有人喜欢你，筵席上人人都讨厌苍蝇，所以，经常是你刚钻进窗子，就丢脸地给赶出来了。”

苍蝇叹道：“那又怎样，他们把我从这一个窗子里赶出来，我可以从另一个窗子再飞进去。”

橡树下的猪

猪整天在老橡树下狼吞虎咽地吃着橡果，吃饱了，就躺在树荫下休息。一天当猪睁开沉重的眼睛醒来时，站起身来，用鼻子挖掘起橡树根来了。

“喂，你这样会损伤橡树的，”躲在树枝上的一只老鸦责备地叫唤道，“如果你把树根都暴露出来了，树是会枯死的。”

猪答道：“那又怎样，它枯死算了，对我又没有什么影响。就算它永远没有了，我也决不会惋惜。我要的是它的果实，养得我肥肥胖胖的是果实呀。”

“忘恩负义的东西！”橡树用严肃的口吻答道，“如果你抬起你的丑脸往上瞧瞧，你就会明白，这些橡实都是从我身上长出来的呀。”

无知的人就跟猪一样盲目，他们嘲笑知识，讥笑学问，鄙夷地把学术上的成就一脚踢开，却不知道他们自己正享受着学术上的一切成果。

勤劳的熊

有一位农夫以造车轭而闻名，大熊知道后也想以此作为生计。但是大熊不了解造车轭需要时间与耐心，将轭弯成弓状不是一件容易的事情。大熊来到林中伐木，声音特别大。森林被毁了大半，大熊也没有做成一只车轭。

于是大熊跑来向农夫求教："请告诉我，我的好邻居，制作车轭的秘密在哪里？为什么我怎么也弯不出弓状的轭！"

农夫说："耐心，这就是秘密，然而，这却是你永远不能了解的秘密。"

狐狸建筑师

狮子十分喜欢养鸡，但他的养鸡业却不怎样。原因很简单，鸡舍做得不够严密，有的鸡被人偷走，有的鸡却自己走失。为了避免这种情况再次发生，狮子决心重新做个鸡舍。设施要严密，房子要坚固，既防小偷，又要住得舒服。于是有人给狮子推荐，狐狸是最好的建筑师，狮子的工程便委托给了狐狸。狐狸十分能干而且卖力，工程顺利开始，如期结束。大家纷纷来参观鸡的新居，建造得果然十分令人满意，真是设备齐全，应有尽有。栖架，食槽，生蛋的地方幽静，有地方取暖，也有地方避暑。狐狸得到了优厚的酬谢，大家都夸奖他的建筑才能。

于是狮子的鸡群迁入了新居。你猜后来怎

样？尽管墙高宅固，鸡的数量依然日益减少，真的很不可思议。因此狮子下令埋伏起来捉贼，最后果然捉到了一个无耻之徒。猜猜是谁呢？原来是狐狸建筑师。他修的房子别人无缝可入，却给自己留了一条通路。

贪得无厌者与母鸡

想得到更多反而容易失去一切，这样的下场贪心之人经常有。这样的事情实在太多了。我小时读过这样一个故事：有一个人非常贪婪，这人既不会狩猎，也没有任何技能。但是他的钱柜却越来越满，就因他的母鸡叫人眼红。原来这只母鸡生的蛋非同一般，它生的是金蛋！换作是别人一定会为此善待这只母鸡，可是此人生性贪得无厌，他以为把母鸡杀了会从它肚子里得到更多财富，于是他不念及母鸡给他带来的好处，杀了母鸡，落了个忘恩负义的名声。母鸡杀掉了，他什么也没有得到，因为母鸡肚里只有内脏一副而已，根本没有金子的影子。

猴子照镜

猴子在镜中看到了一副面孔，他用脚轻轻地碰了碰大熊：“你看，老兄，这是谁长成这样，又丑又怪，实在太难看了。要是我的模样与他类似，我恐怕会想死的。不过我也还有一些至亲，他们也丑陋得实在惊人。我可以说出他们的姓名。”“亲朋好友的名字就不劳烦你一一说出了，你还是关心关心自己吧。”可惜大熊的建议，只被当成了耳边风。在这世上这样的人太多了，有谁会承认自己的丑陋？只会认为自己是世界上最美、最好的。

熊管蜂房

春天，蜂箱需要人看管，大家都推荐大熊看管。本来应该挑个可靠些的，也免得以后后悔，明明有好多人自告奋勇却不挑，偏偏要选大熊，谁不知道他最爱吃蜜，嘴最馋？大熊管理蜂箱的消息传开了，他把蜂蜜往自个家里搬。不知道谁走漏了风声，事情被揭穿了，大熊被依法起诉，众说纷纭，大熊被迫辞职，但是却没有归还蜂蜜。大熊满不在乎地躺在洞里，舔着蘸着蜂蜜的爪子，逍遥自在地过冬，等待时来运转。

石头与虫子

一块石头躺在地里，他讽刺时雨道：“它真是出尽了风头，有什么了不起！你瞧，人们像恭候贵宾似的，对它热烈欢迎。它到底有什么能力？只不过飘洒了两三小时！人们何不打听我的身世：我长期住在这里，文静、谦虚，随遇而安，彬彬有礼。但我从未听到过感谢之词。怪不得大家都说这个世界不公平。”“住嘴吧！”发话的是只虫子，“这雨下得虽短暂，但滋润了干枯的土地，它将农夫的期望变为现实。而你在地里却一点作用都没有，简直多余。”

好心的狐狸

春天，一只画眉不幸被人打死了，但是这鸟儿的不幸还没有就此结束。鸟妈妈三个可怜的小鸟成了孤儿，他们眼睁睁看着自己妈妈死去。三个雏鸟又饿又冷，哀声地叫唤妈妈，任凭谁看到都会心酸。狐狸面对雏鸟坐在石上，对林间众鸟儿说道："朋友们啊，不要丢下这些可怜的孩子不管啊，哪怕一粒谷、一根草都是在救他们。这可是天大的功德，救人一命胜造七级浮屠啊。杜鹃鸟，看你的羽毛多丰满！拔下一些来给孤儿们把巢垫垫，不然，你的毛也是白白掉了。云雀啊，不要在林梢来回飞，你快去庄稼地或谷场，弄点谷粒来，喂给孩子们吃。母鸽啊！你的孩子们羽翼已丰满，他们能自己照顾自己。你去给那些可怜的孩子一点母爱的温暖吧。燕子啊！捉几条虫子去吧！好给孤儿们加加餐。夜莺啊！你是歌星，你可以唱支歌儿为他们催眠。你的温情一定会把他们痛苦的心变温暖的。”三个饥饿的小鸟听完十分感动，从巢里冲下扑在狐狸面前，狐狸一下子捉住他们吃了。

灾火与钻石

深夜，火苗酿成了灾火，从一所房屋蔓延到另一所房屋。一颗钻石在荒乱中被失落，在路旁的尘埃中闪光微弱。

灾火对钻石说："与我相比你的光焰多么逊色！水滴和玻璃经过我的照射，远远看去便和你差不多。我倒不是故意把你奚落，一块小布头，一丝毛发，便可把你的光彩全遮。我的烈焰端的非同小可，我一起劲儿，整幢房屋被笼攫。全然不放在眼里，那些人们的忙乱奔波。我噼啪作响吞没一切，左邻右舍见我，便要变色。"

钻石回答说："比起你来，我的光泽很弱，但我从不给人们带来灾祸。谁也不会因我受害，把我斥责，我只会引起人们羡慕的神色。而你却以从事破坏为业，人们通力合作，只为把你扑灭。你即刻会完蛋，尽管一时猖獗。”

人们前来救火齐心合力，凌晨，灾火成了一股臭气。钻石不久被找回来了，嵌上了王冠，光彩熠熠。

老鹰和鸽子

有一次，战神把整个天空搅乱，群鸟为了个小问题发生了争端。这里要说的鸟不是指春天到来时飞到人们庭院里的那种鸟，也不是说为爱神之母驾车的鸽子，而是一群老鹰，他们只只钩喙锐爪，只是为了一只死狗发生了厮杀争斗。毫不夸张地说，当时腥风血雨，如果详细描述细节，那真的会令人紧张得喘不过气来。许多首领战死，众多的英雄阵亡，囚在高加索山上的普罗米修斯也仿佛看到苦刑将结束的曙光。看到群鹰英勇鏖战令人可喜，但看到他们战死后从天空摔下来又叫人感到惋惜。英勇机智、狡诈奇袭，所有手段无所不用其极。狂热的精神使得两群老鹰互不相让，不择手段，天空中弥漫着阴森恐怖的气氛，战场上横尸遍野，阴曹地府一时间也被死尸塞得拥挤不堪。

这一恐怖情景引起另一种鸟的怜悯，这种鸟叫鸽子，他温和诚实，颈毛常常变换颜色。鸽子想利用自己的中立地位，对这场恶战进行调停，他们派出使者，努力从中斡旋。鹰群最终停止了争斗，随即休战，迎接和平。但不幸的是，鸽子非但没得到鹰群的感谢，反倒成了双方的牺牲品。这群该死的东西紧接着向所有的鸽子不宣而战，田野、村镇里的鸽子几乎被杀光了。这些可怜的鸽子居然去调停一场如此野蛮的纠纷，真是太不识时务了。

要牢记，对恶人要永远分而治之，这样世界上其他人的安全才有保障；要使恶人之间自己产生纷争，否则与他们在一起你休想得到安宁。当然这不过是随便说说，其实应该保持沉默才对。

猫和厨师

从前有一位厨师，非常有学问。有一天他去酒馆，安排超度故亲的筵席：他是个虔诚的教徒。当他离开自己的厨房时要求猫好好看牢，以免被老鼠偷吃。

厨师事毕返回厨房，发现地面上糕饼狼藉，猫儿蹲在墙角的醋罐旁，正撕啃着一只烤雏鸡，嚼得有声，吃得正香。

“你这个馋鬼，你这个坏蛋！”厨师开始训斥猫，“你怎么好意思监守自盗？”可是猫儿只管吃鸡肉，不理厨师。

“以前你那么老实，人们都夸你守规矩，如今成了小偷，成了骗子！我以后再不会让你进厨房，连进院子你都别想。”猫儿一边听，一边吃得忙。我们的厨师口若悬河，他的教诲滔滔不绝。可是最后呢，猫已吃完了烤鸡，他的言论还没有完。

我想奉劝这位厨师，该用权力的场合，千万不要妄谈空议。

池塘与河

池塘向邻近的大河交心："我总看到你在滚滚流动，难道你不累吗？我也总看到货船与大筏，压在你的身上那么沉重，无数舢板小船还不算在其中。什么时候你才能摆脱这一困境？我要是你，一定早就累死了。还是我的生活比较幸福，虽然和你相比，我不出名，地图册上绝没有我的名称，也没有歌颂我的歌谣，然而，这些对我没有任何吸引力。我像一位坐在羽褥上的姑娘，懒洋洋地躺在细软的淤泥上，没有纷扰，宁静而又安详。没有货船的惊扰，更没有小舢板的压迫。只有微风送来的片片落叶，在我的水面上轻轻漂荡。生活如此安逸，还要怎么样？静静地望着尘世上的纷扰，我回味着人生哲理的遐想。"

“人生哲理，你知不知道规律？水在流动才能保持洁净。我之所以成了大河，流程万里，就只因遵循规律，不图安逸。我有充沛的流量，净洁的质地，给人们带来利益，我也得到了荣誉。我会一代代地奔腾不息，而你恐怕不久便会消失，到那时候根本没有人会记得你。”果真如此，大河一直奔腾滚翻，池塘的光景却是一年不如一年，沼苔丛生，水草塞满，最后池塘终于完全枯干。

这个故事告诉我们，如果拥有天赋不为社会服务，天赋便会慢慢枯萎衰竭。一个人一旦沉溺于安逸的生活，他便不会有振兴的事业。

纸鹞

纸鹞升到云霄，他高高地向地面瞧去，发现山谷里有只小蝴蝶。“你相信不相信！”他对蝴蝶叫道，“我在上面差点看不见你了，你看到我飞得这样高，我知道你很羡慕我！”

“羡慕你？实话说，我才没有呢！你这样自鸣得意，是没有意思的！尽管你飞得高高的，可这是人家用线牵着你在飞呀，像你这样的生活，亲爱的朋友，离幸福差得远呢。不错，我飞得虽然低，可我爱飞到哪里就飞到哪里，不像你只是做人家手里消遣取乐的玩物。”

老狼与小狼

老狼派遣小狼出洞，到林边散步，顺便望风。看看有没有运气吃顿美味的午饭，当然这个运气是牧人给的。

小狼已经学会猎食的技巧，小狼跑回来说：“快，跟我走，我发现了现成的午饭，山脚下有一大群羊。羊儿一只比一只肥美，随便哪只来吃都很称心。”

老狼说：“不要着急，等我先弄清牧羊的是个怎样的人。”

“听说牧人十分精灵，我已从四周把牧群查清，那些猎狗都很差劲、消瘦，看上去并没有什么作用。”

老狼摇头说：“如果是这样的话，我们就不会成功。弄不好我们会把性命断送，牧人精干，猎狗会差劲到哪里去？

走吧！我们换个地方寻觅食物，那样我们的安全将会大有保障。那里的牧人非常糊涂，牧人糊涂，猎狗再多也无用。”

四重奏

淘气的小猴子，卷毛的山羊，驴子和笨手笨脚的熊，准备来一个伟大的四重奏。他们弄来了乐谱、中提琴、小提琴和两只大提琴，然后坐在一棵菩提树下的草地上，想用他们的艺术来风靡全世界。它们咿咿呀呀地拉着弓弦；乱糟糟的一阵吵闹，没有人知道他们在演奏什么。

“停止吧，兄弟们，”小猴子说道，“像这样是奏不好的，你们连位子也没有坐对！大熊，你奏的是大提琴，该坐在中提琴的对面，第一把提琴呢，该坐在第二把提琴的对面；这样一来，我们就能奏出截然不同的音乐，叫山岭和树林都喜欢得跳起舞来。”

于是他们调动了位置，重新演奏起来，但

是结果还是一样。

“嘿，停一停，”驴子说道，“我知道原因了，我们应该坐成一排，那样一定可以成功。”

他们按照驴子的办法，坐成一排，可依然没有起到任何作用。不管怎么换座位，他们的演奏仍然杂乱得一塌糊涂，于是他们开始激烈地争吵正确的排座方法。

吵闹的声音，招来了一只夜莺。大家就向她请教演奏的窍门。

“请你耐心教导我们，”他们说，“我们打算搞一个四重奏，但是没有成功，我们有乐谱，有乐器，我们只要你告诉我们怎样坐法！”

“要把四重奏演奏得得心应手，你们必须懂得演奏的技术，”夜莺答道，“光知道怎样坐法是不够的。”

大象和哈巴狗

大街上牵过一头大象，让大伙儿观赏的，因为大象在这儿是很少见到的，所以，看热闹的人都赶来围观大象。

不知道从哪里，迎面钻出来一只哈巴狗。他一看到大象，就向大象直扑过去，汪汪地大声吠叫，拼命想冲上去，好像要跟大象打一架似的。

旁边一只小狗对他说：

"朋友，不要出丑啦，大象这么大，你怎么斗得过，就算你叫哑了嗓子，大象还是自管自地向前走，根本不会理睬你的吠叫。"

哈巴狗连忙回答说：

"你说的没有错，但是狂吠可以壮大我的声势，根本不用打一架，我就成了一名善战的勇士。以后别的狗夸起我来，都会说：

“哎呀，这哈巴狗！真是勇敢，连大象都不害怕，竟对他汪汪叫！”

鹰与田鼠

一只雄鹰偕同他的妻子从远方来到森林定居。他们打算筑巢迎接幼子出生，选定了一株高大的橡树。田鼠大着胆向鹰建议，这棵橡树上安家不合适，它的根部几乎已经腐朽，也许很快会折断倒地。我们的雄鹰十分爱面子，认为接受田鼠的意见太不得体，田鼠怎能干预鸟王的事！鹰对田鼠的建议没有理睬，反而加快了筑巢的进度。新巢落成了，接着雏鹰也出世了，一家人幸福快乐地在一起！

有一次，出了意外之事。矫健的雄鹰从天际飞回，给妻儿们带回了丰富的食物，但他看到橡树已经倒地，他的妻子儿女都被摔死。鸟王伤心得头晕眼花，他说："这是对骄傲的惩罚，谁能想到小小的田鼠，竟能预料到事情的后果，悔不该没有听从他的话。”田鼠跑出洞来说道：“就是因为你当初骄傲自大，听不进去我说的话，树根的情况只有我最清楚，因为我天天在它下面打洞。”

当家的与老鼠

商人修造了一间仓库，里面放的都是食物。为了不让鼠类偷吃，商人派了猫队巡视。猫队勤勤恳恳地值班，帮助商人免掉了鼠患。一个小偷混在猫队里边，忽然发生了意外。商人本该采取防贼措施，逮住小偷，然后给以惩治，对于无辜者，要好好保护。但他却下命令鞭打所有的猫，这一命令不分青红皂白，实在莫名其妙，于是众猫全逃跑了，仓库里不再有猫。这是老鼠最爱的后果，猫儿离开仓库，鼠辈便可以随便偷食。

蟋蟀和夜莺

“我可以自豪地告诉你，”蟋蟀对夜莺说，“大家都愿意欣赏我的歌声。”

“那你告诉我谁欣赏吧。”夜莺说。

“那些正在辛勤割草的割草人愿意听我的歌，他们是人类社会中最值得被赞美的人，你也这样认为吧？”蟋蟀说。

“我当然这样认为。”夜莺说，“但你不要因为他们的赞许而感到自豪。那些勤劳的诚实人，必定缺乏细腻的情感，即使那个把笛子吹得非常婉转的牧羊人也来欣赏你的歌曲的时候，你也别太高估自己了！”

患难中的农夫

在一个秋天的夜晚，贼钻进了农夫的宅院，他悄悄弄开了贮藏仓库，任意掘翻地板、天棚、墙壁。这没良心的小偷把所有东西都席卷一空，我们的农夫好可怜，一夜间由富变穷，都差点去行乞讨饭。农夫十分烦恼，请来了所有的亲戚朋友。“请帮帮我吧！”他提出了请求。于是大家议论纷纷，出谋划策。加尔倍奇干爹说：“你不该让人知道你富有。”克里梅奇亲家说：“贮藏仓库要在住房近处修。”富马邻居说：“不，不！问题不在贮藏室的远近，院里要养一条厉害的狗。我有小狗一窝任凭你挑，我愿意与你一起分享。”至亲厚友的建议实在很多，但是实际的帮助一点也没有。

如果一旦你遭到了不幸，你就会尝到世人的薄幸。这就是现实的世界，虽然建议总是五花八门，一旦提到实际的帮助，最好的朋友也会装聋作哑。

驴子和夜莺

驴子碰见了夜莺，发表了一番言论："你是个有名的歌手，我想听听你的歌声，然后再作评论，看你的技艺到底是否高明，看人们的意见是否公允。"夜莺立即拿出看家本领施展歌喉，声音百转千回，时而表现得轻柔又娇嫩，宛如芦笛声在远方飘散，时而旋律急速在林间巍巍颤。这位司晨女神钟爱的歌星，吸引得大家都聚拢来听，微风停息，牧群侧耳，百雀无声。连牧童也屏住呼吸，听得忘神，和牧女时而相顾，微笑会心。歌曲终了，驴子点头频频："不错！值得一听，可惜你未曾听过公鸡的啼声，如果你有机会稍稍向他学习，你的技术会更好的。"可怜的夜莺落得个如此评价，悄无声息地飞走了。

鹈鹕

真正有才能的孩子不需要父母的操心。假如一个笨拙的父亲为一个成不了材的儿子一直操心，这种爱就变成了一种愚蠢。

一只慈善的鹈鹕瞧见她的孩子们瘦小单薄，于是用锋利的嘴巴打开自己的胸膛，用心血去养育他们。“我真佩服你的慈爱，”一只鹰对她叫起来，“同时也为你的盲目感到难过，你自己看看，在你的孩子里，你顺带着孵出了多少只卑贱的布谷鸟啊！”

的确是这样的，冷酷无情的布谷把她们的卵丢给鹈鹕去孵化。那些见利忘义的布谷值得鹈鹕用如此惨重的代价来换取他们的生命吗？

鹅群

一位农夫赶着他的鹅群到镇上去卖。他用一根长竿使劲地催赶他们快走，因为他急着赚钱，所以急于赶上白天的集市。既然这是一个利益的问题，那么人们可以理解农夫的急躁——可是鹅不能理解这种待遇，因此，遇到一个过路的人，他们便拼命诉苦："你到哪儿能找到比我们鹅更加不幸的动物？这个农夫催着我们，赶着我们，就像我们是些普通的鹅那样。这个笨蛋不知道，他应该对我们尊重些，因为我们是拯救了罗马的鹅的后代，人类甚至为他们举行了庆祝呢！"

"那你们凭着什么要求农夫的特殊对待呢？"过路人问他们。

"当然是凭我们的祖先呗！"

“是的，这些我都知道，但你们又有什么用呢？”

“我们的祖先拯救了罗马！”

“不错，不过你们干了些什么呢？”

“我们？自然什么也没有干。”

“那么你们有什么用呢？不要再打搅你们的祖先啦，他们得到的光荣是他们所应得的。但是你们，我的朋友们，平凡得只能用来烤着吃。”

年轻的大乌鸦

鹰俯冲而下掠过羊群，叼起了一只羊羔，然后腾空而起。年轻的大乌鸦看在眼里，便在心底里暗自思忖："反正是干坏事，要抢劫，就要抢得凶点，鹰中当然会有废物的存在，可难道羊群里只有小羊羔？要是我，就抓最好的目标。"

那鸟儿腾空而起俯视羊群，他用贪婪的眼光细细挑选。公羊、母羊、羊羔全都看遍，挑中了一只，又肥又大又高。然而这只公羊除非恶狼没有人敢叼。年轻的大乌鸦铆足了力气，对准那公羊俯冲下去，把双爪插进羊背上的毛里。这时他明白了，这猎物他抓不起来。但是更糟的是他竟拔不出自己的爪子，那羊的毛太厚、太稠、太密。这只自作聪明的鸟儿没有抓着羊反而被牧童从那羊身上把他逮住。鸦儿被剪秃了双翅防止他飞走，最后成了孩子们的玩物。

鹰和蜜蜂

有人在众目所瞩的舞台上活动，他很幸福，他有力量和信心。全世界都能看到他的伟大功勋。有人默默无闻，但也同样光荣。他不求荣誉，愿默默奉献，为大众而劳动的念头足慰平生。

鹰看到花丛里忙碌的蜜蜂，他带着不屑的神情发表言论："蜜蜂啊，我真的很同情你，你白花了力气，辜负了技能。你们几千只蜜蜂整个夏天都在酿蜜，终生劳碌无追求，死后也没人知道你的名字。我们之间就完全不同，你看，当我振翅冲向云端的时候，百鸟都不敢起飞，大家都害怕我。就连敏捷的山鹿见我都不敢露面，牧童紧张地盯视着牧群。"

蜜蜂答道："无上光荣归于你，愿宙斯永

远对你仁慈！我生来就是为了大众利益，显赫的出人头地的事情我也不想干。看到蜂房里的蜜箱我就十分高兴了，因为那其中也有我奉献的一滴。”

鹿和狐狸

“鹿啊，真的，我真不理解，”狐狸对鹿说，“你的胆量怎么这么小？连最小的猎狗也能吓得你到处乱跑。看看你那魁梧的身形，难道会没有力气？

即使很大很强壮的狗在你面前，只要你用角一顶，他就会彻底完蛋。至于我们狐狸，人们一定看不到我们的软弱；我们不去抵抗，那是因为我们弱小。可一头鹿哪能逃跑，你应该明白这一点。

我的结论就是：谁要是比他的敌人还强壮，在敌人面前就更不应退缩。朋友，你比猎狗强了不知多少倍，你真的不该逃跑。”

“也对，为什么以前我没有想到呢？”鹿说，“从现在起，如果猎狗和猎人敢对我攻击，我一定要奋起抵御。”

这时正巧森林里有一只猎狗在吠叫，森林里发出阵阵回音，软弱的狐狸和强壮的鹿却连忙掉头就跑。

狐狸和旱獭

“狐狸你这么匆忙地是要去哪里啊？”

“我被遣送出境，实在冤枉。你知道，我原担任鸡舍法官，忙得身体都不如以前了，我废寝忘食操劳反受诽谤，落了个贪污罪犯的下场。

如果大家都听信诽谤，世上怎么会有好人？我根本不需要贪污，难道我会监守自盗吗？请你说句话为我作证，你可曾见我参与了罪恶勾当？”

“我倒没见你干过什么别的，只是鸡毛经常粘在你的嘴上。”

有人常为经济拮据叹息，说靠最后一点积蓄维持。大家都很清楚，他和他的老婆都没有家私。然而你再仔细瞧瞧，这人又造房，又买地皮。他哪来的那么多钱？即使他在法庭上百般辩解，也无法使别人口服心服。难怪大家对他议论纷纷，说他的狐狸嘴边有鸡毛痕迹。

狮子和蚊子

阳光给万物带来生命的希望，蚊子也是受益者之一。他是嗜血的魔鬼，他用他那长长尖尖的嘴贪婪地吸取人们的血液。有一次这位年轻的“英雄”远离了自己的伙伴，参加了十字军东征。在路上发现一头狮子正在打盹儿，大约是捕猎使他筋疲力尽。“看哪，伙伴们，狮子在那打盹，”蚊子嗡嗡地向同伴叫喊，“咱们向他扑去，惩罚一下他，我要叫他流血，看他还敢不敢做暴君！”蚊子急忙飞去，腾地一跳，恰巧落在这君王的尾巴梢。蚊子刺了一下，然后敏捷地逃开，为自己的成果颇感自豪。但是狮子怎么一动不动？难道他被我刺死了吗？蚊子的宝刀多么锋利，看，谁说蚊子不能产生奇迹？“是我拯救了森林，以后再也没有凶狠的狮子出现了。看啊，朋友，老虎都怕那家伙，可他却死在我的毒针下，我是多么的勇猛。”蚊子们簇拥着胜利者，林子里回荡着兴奋的叫喊。就在这一阵闹哄哄的凯歌声中，每只蚊子都在议论着成功，那疲倦的狮子被吵醒了，他抖了抖身上的狮毛，起身开始寻找下一个猎物。

溪水

有一个牧童在溪水边唱歌，他的歌声非常忧伤，因为不久前在河边发生了一个无法挽回的不幸，他心爱的羊羔落入水中淹没在大河了。悲伤的歌激起了溪水的同情，他气愤地说，“河，你真是残忍！河底如果像溪底一样清浅，每个行人都会在水草中看见被你吞噬的生灵。我想你该羞得不好意思，从此不再见人。命运如果赐我大的水量，我一定不会像你那样。我只愿装点大自然的容颜，滋润那山谷、草原和平川。轻轻地流过，不损伤一鸡，不冲走一叶。我一定只做好事，不做坏事。沿途两岸的人们一定会对我心存感激。逶迤蜿蜒向大海流去，我净洁得像银一般。”溪水是这样想的，也是这样说的。然而一星期后，知道发生什么了吗？山洪暴发，溪水成了大河。浊流横溢冲破了堤岸，他咆哮翻滚地将田园淹没。百年的古橡树都被摧折，溪水深表同情的那个牧童，也被暴涨的溪水吞没。牧童的羊群、茅屋更是无影无踪。别看平常溪水平静而又潺潺动听，只因他的水少，无法施展威风，一旦拥有了力量会比任何大河更凶残。

狼落狗舍

狼在黑夜里来打劫羊群，不小心却落入了狗舍；狗立刻像白天一样地骚动起来；猎狗嗅到狼就在旁边，他们纷纷拥到狗舍门口，准备上前去迎战。

“喂，伙计们，有贼！有贼！”管狗的人喊道。院子的门关上了，立刻都上了门闩；这块地方顿时乱得像个地狱。这一个拿着硬木棍儿来了，那一个提着枪来了。“拿火来。”他们嚷道，于是有人跑去拿了火把。狼在角落里坐着，他的硬硬的灰色背脊躲在那儿正合适，他露出可怕的牙齿，竖起硬毛，瞪着眼睛，好像当场就能把大家吃掉似的。然而，跟猎狗们打交道，可得放聪明点儿，这样做是没有用的，总而言之，狼应该明白今夜可没有不花钱的羊肉吃。狡猾的老狼觉得应该进行谈判，他油嘴滑舌地开口说道：

“我的朋友们，何必这样吵吵闹闹呢？我是你们的老朋友，你们的长久失去联络的同胞兄弟！我是来签订和约的，你们为什么要这样气势汹汹呢？让我们把往事一笔勾销吧，我们来订个同盟，我不再会惊动你们的羊群，相信我们狼有的是信用，我可以发誓。”

“对不起，可没有那样便宜的事儿。”管理猎狗的头儿打断它的话，说道，“如果你是灰色的，我可是白发苍苍了。我了解你们狼的本性，我有的是办法对付你们，绝对不跟你们讲和。”然后他立刻放出一群猎狗，向狼直扑上去。

吝啬鬼

“我怎么这么倒霉！”一个吝啬鬼对他的邻居诉苦，“昨天夜里，有人偷走了我埋在地里的财宝，然后在那放了一块不值钱的石头。”

邻居回答说：“反正你也舍不得花这些钱，你就把那石头想象成你的财宝好了，你就感觉不到自己变贫穷了。”

“如果我一点也没有变穷，”吝啬鬼回答，“小偷不就应该一点也没变富吗？可他现在的确变富了！我一想到这些就要疯了。”

狮与豹

为了争夺森林里的地盘，狮子与豹子不断地在争战。依法解决争执不是他们的本性喜欢的。他们的信条就是胜利即公理，强暴之徒没有法的观念。然而仗却不能老打下去，爪子会变钝，身体会疲倦。于是，他们彼此都想和解，停止战争，酝酿谈判条款，准备签订持久和平协定，直到下一次再度翻脸。有关谈判代表的人选，豹子与狮子商量了很久。

豹说："我将派猫作为代表，猫虽然其貌不扬，心却和善。你可以派出尊贵的驴子，他是最干练的。你的所有侍从和谋士，也抵不上驴蹄儿的一半。驴子和猫肯定能达成协商，我们只管遵守协议的条件就好。"

狮子接受了豹子的谈判建议，派出了代

表，那可不是驴子，而是狐狸。狮子自有他自己的逻辑：“凡是敌人称赞的人物，绝不能靠他去办事。”

山雀

一只山雀飞在大海上，他夸口说，他要把整个大海烧光。这番话立刻在全世界传开。

恐惧笼罩着周围的居民，鸟儿一群一群飞走，许多走兽从森林里跑出来想看热闹，看那海洋将是怎样炽烈燃烧。据说，那些吃惯白食的猎人们，听了这个传闻，甚至带了大汤勺来到海滨，准备尝尝这美味的鱼汤，人们挤在一起；奇迹还没来，他们就已惊奇万分，他们不言不语，眼睛盯住大海，迫切等待；偶然有人低声说话："水马上就要开了，大海马上就要燃烧起来了！"然而等了很久都没有发生任何事情：大海没有燃烧甚至连沸腾也没有。山雀该如何收场呢？最后山雀满怀着羞愧飞回家去。

在这儿我奉劝一句，凡事还没有结果，又一点都不想得罪任何人的时候，千万不要自吹自擂。

朱庇特和绵羊

绵羊被所有的动物欺负，他没办法，只好来到神王朱庇特面前，请求减轻他的痛苦。

朱庇特非常同情他，他对绵羊说："我温顺的绵羊啊，我看得出来，都怪我把你造得太软弱了。你选择一下吧，想要我怎样改变你。要我给你装上尖硬的牙齿呢，还是给你装上利爪？"

"不要，"绵羊说，"我不愿成为猛兽。"

"那么，"朱庇特继续说，"要我给你的唾液里注入毒素吗？"

"啊！"绵羊回答，"大家都很痛恨毒蛇的。"

"那要我怎么办呢？要不然我让你的头上

长出角来，给你的颈项增加力量吧。”

“我也不要这个，仁慈的神王啊，那样我就会像雄山羊一样爱用角去挑衅别的动物。”

“可是，”朱庇特说，“如果你要保护自己不受欺侮，就得去欺侮别的动物啊。”

“非要这样吗？”绵羊说，“仁慈的神王啊，还是让我和原来一样吧。因为，我担心，如果我有欺侮别的动物的能力，就会引起我欺侮他们的兴趣。忍受痛苦总比去做坏事要好。”

狼和小羊

强者的理由永远是正确的。下面的故事会告诉你原因。

有一只小羊正在一条小河边喝水，这时一只正在寻找食物的狼出现在河边，他发现了小羊，便接近他，故意装作很生气地说：

“你这只无知的羊，是谁允许你来这里弄脏我喝的水？”

小羊回答：“亲爱的狼先生，不要生气，你看，我可是在你的下游喝水，怎么会污染你的水呢？”

“就是你把河水弄脏的，”凶恶的狼吼道，“而且你去年还说了关于我的坏话。”

“这怎么可能呢，先生，”小羊说道，“去年我还没有出生呢，又怎么说你的坏话？”

“不是你，那就是你的哥哥，总之你们说我坏话了。”

“可是我根本就没有哥哥啊！”

“那也是你家里的人，因为有人告诉我，你们羊和牧狗都是憎恨我的，我现在要报仇！”

说完这些话，狼就扑了上去，把可怜的小羊吃了。看吧，在弱者面前，强者做什么都是不需要理由的。

牡蛎和两个行人

两位行人路过海边，忽然看见一只牡蛎躺在沙滩上面。

“瞧，牡蛎！”一位行人把腰弯下，伸手正要捡起那个牡蛎。

另一位一把推开了他，说：“不用麻烦您了，我自己的牡蛎我自己来捡吧！”

“哈哈，它什么时候就成了你的啦？”

“当然啦，是我首先看到它。”

“得了吧！老兄，我的眼力也不比你的差。”

“就算是你眼睛先看见，可我的鼻子早就闻见了它。”

如果不是法官及时前来调解，他俩还要继续争吵不息。法官威严高傲，按程序开庭审理，他一把抓起牡蛎，把牡蛎壳打开，一口气把肉吸进肚子里。

吃完牡蛎法官开口说道：“好，你们听着，现在我宣布判决结果：牡蛎壳你们一人一半，二人言归于好，各自回家不要再烦恼。”

农夫和干酪

从前有位农夫，把干酪装进瓦罐，放进地窖里存贮。他打算把干酪卖了，好增加点收入。一只小老鼠闻到了干酪的味道，它瞅了个空子就钻进瓦罐，躲在瓦罐里吃了个心满意足。这位农夫发现后决定养一只猫，过了一个晚上，我们这位农夫到地窖里去看看情况，他东张西望，看不到跳来跳去的老鼠，但是干酪也不知去向，就像是它从来也不曾存在一样，这回干坏事的可不是老鼠，而是猫把干酪一扫而光，这位农夫真的是千防万防，家贼难防。

两只猫

万卡和瓦西卡两只猫是一对亲兄弟，他们俩生在一屋，住在一起。万卡瘦成了骨头架，看他一眼都可怕。瓦西卡却胖得像猪，肥肉满身，连走路都困难，身上的毛像缎子一样又亮又光滑。

“虽然我俩是一母所生，却不是同等的福份，”万卡对兄弟诉苦，“你从来不知愁闷，一年到头，肉食不缺一顿。我完全吃素，你常年吃荤。你百事不问，就知道打盹，而我却日夜睡不成，提防大小老鼠进家门。尽管我忙得筋疲力尽，却总是饥肠辘辘，饿得昏昏沉沉。”

“这很简单，”胖子打断瘦子的话头，“兄弟啊，你得多动脑子多思量。如果你想要发胖，就得向我学习。”

“那我该怎么办？请你告诉我。”

“要想逗得主人心欢喜，在他面前两只后脚要立起，卖弄舞姿展现自己的技艺。学会了我这一套好把戏，相信你不仅能够填饱肚皮，还能使主人喜欢你。要知道，谁要是善于事事向人们去讨好，什么好处都能捞得着；谁要是废寝忘食为他们去操劳，那就反而吃不饱。”

秃尾狐

有只狐狸特别机警而狡猾，专门干偷鸡摸狗的坏事。由于年岁已大，难免有时会出现错误，这回他就落入了陷阱难以自拔。他拼命挣扎，猛一下挣断了尾巴。这可怎么办，丢了尾巴，哪有脸回老家？但是狐狸不愧是个老骗子手，他眉头一皱，计上心头。他摆出一副庄严稳重的派头，回到窝里。他的亲朋好友聚集在一起，“众位姐妹们，”老狐狸开始说话，“有句实话，我得说一下：时至今日，我们还挂着肮脏、沉重的包袱，实在是不像话，搞得我们都没有面子，我指的是我们的尾巴，它拖拖沓沓，不是藏污纳垢，就是沾上尘土和泥巴。它起到什么作用啊，我发现这东西除了害处，别无其他。你们自己想必也会认为这不是假话。没有尾巴，跑起路来毫无牵挂，即使狗来抓我们，总是先咬咱尾巴，如果咱们把尾巴去掉，就不会有把柄在他们手上了。”“不要再说啦，”有位狐大姐插话道。“怎么啦？”“那先请你把屁股转过来，让我们看一下你的尾巴。”缺尾的狐狸顿时成了大哑巴，他慢慢往后蹭，灰溜溜地溜走了！

天鹅、灰鹅、鸭子和鹤

两只飞禽在湖中游荡：一只是天鹅，纯净、洁白又漂亮；一只是灰鹅，灰不溜秋，其貌不扬。皎洁的月亮在透明如镜的湖水里欣赏着自己的面容。湖面上闪动着一缕缕银光，微风吹拂，树叶轻轻摇晃。白天鹅高唱夜的赞歌。

然而对此良辰美景，灰鹅无动于衷，冷眼观看，他突然大煞风景拉开嗓门大声叫嚷："嘎嘎嘎嘎！"一会儿又伸长脖子咝咝作响，像条蛇一样。

这时，突然来了一只鸭呷呷喊叫："你们唱得太棒了，但我觉得灰鹅唱得更好，嗓音更妙！游水的姿态也更孤傲清高。"

"你怎么胡说八道？"仙鹤截住他说道，

“趁你还没挨刀，快闭上自己的嘴巴，也难怪你把灰鹅捧得老高，因为你们的声音是一样的难听至极。”

火焰与桦树皮

捕完鱼，渔夫收起渔网，然后在岸边生上篝火，柴火烧得噼噼啪啪，火焰非常旺，桦树皮躺在一旁，他刚诞生时间不长。火焰向桦树皮张望，对他说："嘿！你这小家伙来到这纷乱的世上，什么都还不了解，如今世道生存困难，但如果你能拿定主意，你倒是依仗于我，我会保护你就像保护自己的亲妹妹一样。"谁不希望有强者照顾自己呢？桦树皮听完后自然欣然同意篝火的要求。几分钟后，狂风大作，火焰向桦树皮贴近以示关心，刚一触到，桦树皮就冒出火星，转眼之间只剩下一片灰烬。

我要提醒一下无知年幼的孩子，一定要提防对你甜言蜜语的朋友。

所罗门的灵魂

一位诚实的老人顶着烈日，辛勤地耕种他的地，把种子撒进松软的地里。

突然，一个神的幻影出现在一棵大树的后面，然后跳到了他面前！老人非常惊奇。

“我是所罗门，”这个灵魂用亲切的声音说，“你在做什么，老人家？”

“如果你真是所罗门，”老人回答，“你还需要问我吗？

“在我年轻的时候，是你把我送到蚂蚁那里去的，我看到它们的生活过程。

“从它们那里学会了人生在世应该勤劳，应该随时储藏粮食。

“我现在就是在做当时我学到的事情。”

“可是，你只学会了一半。”灵魂说，

“再到蚂蚁那里去，它们会教你生命的冬天里如何休息，如何享受你的储藏。”

Wai Guo Jing Dian Yu Yan Jing Xuan

狮子和他的三个顾问

狮子把羊叫来，问羊能不能闻到自己嘴里发出的臭味。羊说："能闻到。"于是狮子咬掉了这个傻瓜的头。接着，他又把狼召来，问了同样的问题。狼说："闻不到。"狮子把这个阿谀奉承的家伙也咬得鲜血淋漓。最后，狐狸被召来了，狮子还是这样问狐狸，狐狸看看周围的情形，说："大王，我患了感冒，闻不到什么味。"于是狮子把狐狸放走了。

这故事告诉我们，模棱两可、暧昧含糊有时可以让人抓不着把柄，保护自己的安全。

蚂蚁与屎壳郎

夏天，当别的动物都悠闲地生活的时候，只有蚂蚁在田里跑来跑去，搜集小麦和大麦，给自己贮存冬季吃的食物。屎壳郎惊奇地问蚂蚁干什么要这么勤劳，粮食无处不在的啊。蚂蚁没有回答他。

冬天来了，大雨冲掉了牛粪，饥饿的屎壳郎只好去蚂蚁那里乞食。蚂蚁对他说：“喂，伙计，如果当时在我劳动时，你不是嘲笑我，而是也去储备食物，现在就不会忍饥挨饿了。”

獾和狐狸

有一次，獾和狐狸一起到山里散步。他们商定，得到的每一件猎物他们都要像兄弟一样地一起分享。狐狸知道有个地方安放着一只捕兽器，上面挂着一块肉。于是，他将獾带到那儿去。狐狸指着那块肉说："瞧，我亲爱的朋友，看这个地方多好，足够我们俩在此美美地吃一餐。你比我灵巧，你悄悄地过去，把那块肉弄来。我在这里替你放哨，以防那个设捕兽器的农夫突然袭击我们。"獾欣然同意，悄悄地溜到捕兽器边上，小心翼翼地刚要去拉钩上的那块肉，突然只听"啪"的一声，他的前掌被牢牢夹住了。獾痛得没命地嘶叫着："救命啊，朋友，快来救我，我痛死啦！"狐狸赶快跑上来，但他并不去解救獾，却开始慢条斯理

地吃着那块肉。狐狸一边嚼一边说：“再忍耐一会儿吧！等我吃完这点肉，就会把你的前掌从夹子里拉出来。”

到这个时候，獾才醒悟到：原来是上了狐狸的当！他猛地一把抓住狐狸的脖子。正在这时，农夫赶来了，他老远便喊道：“牢牢揪住他，獾！我发誓，我绝对不会伤害你！”

农夫杀死狐狸，剥下他的皮。他对獾说：“你可以走了，你的皮一点都不值钱，而这张狐狸皮，我能卖个高价。”于是獾赶快逃跑了。

蛇头与蛇尾

蛇是人类共同的敌人，尤其是蛇头和蛇尾两部分。这两部分都是从残酷的巴赫克女神那得到的，因而就哪个部位处在前头还引发了很大的争论。

蛇头总在蛇尾之前先行，于是蛇尾向天神申诉："我跟着他共同走过许多道路，好像专门为了讨他开心似的，他以为我就一辈子愿做他的跟屁虫？我本应与他平起平坐，可如今就好像一个使唤丫头。既然我们情同手足，我和他同有毒液，功效相当，所以对我们应当一视同仁。请您下一回命令，让我带着蛇头前进，我将好好引导，绝不让他有半点怨言。"

天神对于蛇尾的请求给予了一个非常可怕的恩赐，恩赐的结果往往会把事情办糟，其实对这类荒唐的要求天神本应不屑一顾，但天神竟同意了蛇尾的请求。结果，让蛇尾作引导就如同盲人骑瞎马，一会儿碰着块石头，一会儿又撞着路人，要不就触到了树上，最后干脆把蛇头引进了地狱之河，共同走向死亡。

群兽争高低

群兽之间发生了一场激烈的争执，难分高下。为了平息这场争执马提出了一个建议，那就是让人来裁决谁才是大王，因为他是中立方，会比较公正。

“可是人有这样的判断力吗？”鼹鼠说，“他需要真正认识到我们的优点才是。”

“说得有道理！”土拨鼠回答道。

“对呀！”刺猬也叫道，“我也认为人没有足够的洞察力。”

“你们都闭嘴！”马嚷道，“大家都知道，谁最不信任自己的优点，谁就最容易怀疑裁判的洞察力。”于是人当了裁判。

狮子向人喊道：“在你说出结果之前，我还要问你一个问题，那就是你是按照什么标准来评判我们呢？”

“按什么标准？”人回答，“当然是按照你们对人有多少好处来评判。”

“非常好！”狮子回答，“按你的说法，我不就还不如一头驴！人，你不能做我们的裁判！请离开会场！”

于是人走了。

“大家看，”鼹鼠讥讽地说，“狮子否认了人做裁判。狮子想的跟我们一样。”

“可我说的很有道理！”狮子说着，向他们投去了轻蔑的一瞥。

狮子继续说：“仔细想来，这场争执一点意义都没有！不管把我当成最高贵的还是最低微的，我都无所谓。我们能够了解自己，那就够了！”说完，他就走出了会场。

紧跟着他走掉的，还有大象、老虎、熊、狐狸、马，很快，所有醒悟过来的动物都走了。

最后离开会场的，同时也是对半途而废的大会怨言最多的，是猴子和驴。

老人和他的孩子

一个老人将不久于人世，他把三个儿子召唤到病床前说：“亲爱的孩子们，你们试试能否把这捆箭折断，然后我再跟你们讲讲它们捆在一起的原因是什么。”

长子拿起这捆箭，使出了吃奶的力气也没折断，“我还是把它交给力气大的人去吧。”他把箭交给了老二。二儿子也使劲折，同样是在白费气力。小儿子想来试试也只是浪费时间，一捆箭没折断一根，还是原样子。

“太没用了，”父亲说，“你们瞧瞧，看看你们父亲的力气如何？”三个儿子以为是说笑话，笑而不答，但他们都误会了。只见父亲拆开这捆箭，毫不费劲地将箭一一折断。

“你们看，”他接着说，“这就是团结一

致的力量。孩子们，你们一定要团结，用手足情意把你们拧成一股绳。这样，任何人也不能打垮你们。”这是他在生病期间说得最多的一次话。不久，他感到要撒手西归了，就对孩子们说道：“亲爱的孩子们，我要走了，永别了。答应我，你们发誓：要亲如手足，在我走之前要得到你们的答复。”三个儿子伤心地向父亲保证，父亲一一拉着他们的手，溘然长逝了。

三兄弟清理物品时，发现先父留下的遗产很多，但留下的麻烦也接踵而来，有个债主要扣押财产，另一个邻居又要到法庭起诉。开始时，三兄弟十分团结地协商处理，问题很快得到解决。然而这兄弟之情是如此的短暂，虽有共同的血统，但各自的利益促使他们分离，欲望、妒嫉和法律问题困扰着三兄弟，他们争吵、分家，致使法官在许多事情上对他们一一处罚。债主和邻居重新翻案，一个说错判要重新起诉，另一个则由于前次诉讼不合手续又提出申诉。这三兄弟内部分歧更大，他们互相使坏，最后他们丢失了全部家产。当想起捆在一起又被拆散的箭和父亲的临终遗言时，才知道后悔晚了。

狗和大肥猪

狗贪婪地望着大肥猪的食槽——他很羡慕猪总是吃这么丰盛的食物。狗对猪说："我的朋友，你实在是有口福，你的食槽总是满满的。可你却没有做过任何有意义的事情，反而整天拱来拱去，把房子都要搞坏了。而我这么不分白天黑夜地守卫着房子、院子和我们的主人，偶尔才得到一块掷来的光光的骨头啃啃。当大雨和暴风雪来临时，我还要在外面守着，以防小偷乘机而入，为什么世界这么不公平？"

大肥猪听完，深深地叹了一口气说："我的朋友，你不需要妒忌我。相反，我才要羡慕你，你可能现在还不能了解为什么我能吃得那么好，但你很快就会明白的。因为用不了多久，你就能尝到我的肉了。"

刮脸刀

理发师有一把非常好的刮脸刀，他外形精致，而且非常锋利。这天，理发店没有顾客，主人也出去了，刮脸刀突然想要见见世面，希望可以在众人面前展现一下自己。于是在那个和煦的春日，他那锋利的刀刃从鞘壳里亮了出来，将双手叉在腰上，出外游逛去了。

刮脸刀刚走出门槛，太阳光射进来，刀刃上闪出耀眼的光亮，反射到墙上，愉快地闪动着。刮脸刀被这个从未见过的场面弄得眼花缭乱，同时也非常得意，他更加觉得自己了不起。

“看到了这么壮观的场面，我还要回去吗？”刮脸刀大声嚷道，“不，无论如何我也不回去！为乡下人服务，专给他们刮脸，在涂满肥皂沫的面颊和下巴颏儿上消耗伟大的生命，对我来说，太浪费了。理发店能够配得上我这悦目的刀刃吗？不可以，我要找个僻静的角落躲起来。”从此，刮脸刀消失了踪影。

过了很久，多雨的秋天来临了。刮脸刀感到从未有过的寂寞，决定不再隐居，出来呼吸一点新鲜空气。他小心翼翼地让刀刃跳出鞘壳，得意地四处张望。

但是他突然发现，从前那么漂亮的刀刃现在变得锈迹斑斑，再也不能反射太阳的光辉了。刮脸刀知道自己错了，他悔恨地痛哭起来："我为什么经受不住诱惑呢？理发师对我多好，他保护我，保养我，他曾为我充满自豪！可是现在，一切都失去了，我的刀锋暗了，浑身都糊满了令人厌恶的锈斑。我毁了自己，没有希望了！"

如果我们不去利用和完善自己的才能，盲目骄傲，自负懒散，那么，像刮脸刀一样可悲的命运，就会等待着每一个天才。那时，我们将变得迟钝和糊涂，守旧和懒惰，过着混沌的日子。

机灵的小山羊

有一回，小山羊在羊圈外面玩，不巧碰上了一只狼，这只狼要吃掉他，小山羊恳求道："放了我吧！我求你耐心点，等到秋天，我长胖点，你吃起来才更有滋味。""那你叫什么名字？"狼问。"我名叫机灵。"于是狼放走了小山羊。

到了秋天，狼找来了。狼拼命呼唤着小山羊的名字："喂，机灵！喂，小山羊机灵！"小山羊在羊圈里回答道："哎，知道啦！要是我不是机灵，现在就不会躲进羊圈里来了。"

想当罗马教徒的狼

古时候，森林中有一只狼。这只狼坐在那里暗自思量："我当了那么长时间的狼，我杀害了那么多的野兽，我要到世界各地去周游，去哪里好呢？对，到神圣的罗马去。我要做一个虔诚的罗马教徒。"

狼兴高采烈地登程旅行了，路上，狼碰到一只母猪。这只母猪一见狼，吓得魂飞魄散，但狼叫住她说："你不用害怕我啦，我再也不会用你的血玷污我自己了。我不久就要成为一个罗马教徒了。"

过了一会儿，狼又遇到一只山羊，这只山羊也害怕得要命。

狼叫道："你不要害怕。我也不会再捕捉山羊了。我要做一个罗马教徒。"

没多久，狼又遇到一匹老母马。这匹老马吓得不知往哪里躲才好。

但是，狼安慰她说："别害怕！我再也不会伤害你们这些老马了。我要做一个罗马教徒。"

就这样，狼在路上走了两天，实在感到饿得受不住了，才开始往回走，碰到正在草地上吃草的那匹老马，老马一见他，又吓得要命。

果然，狼对老马说道："老马，我要吃掉你！"

"为什么？"母马答道："你不该杀死我，你自己刚说过，你要做一个罗马教徒。"

狼恼火地说："什么罗马教徒不罗马教徒，我现在饿了，只想吃了你！"

母马只好对狼说："好吧，如果你非要杀死我不可，就请过一阵子再来吧，让我养得肥壮一点。"

狼继续往回走，又碰到那只山羊。

狼大叫道："你听着，我现在要杀死你！"

山羊答道："你不应该杀死我，你说过，你是一个罗马教徒了。"

狼恶狠狠地说："什么罗马教徒不罗马教徒，我就要吃掉你！"

这时，山羊说道："我顺从命运的安排。如果你非吃我不可，就请你忍耐一下，等到树林重新变绿再来吧。"

狼只好耐心等待。狼继续往回走，没一会儿，他又遇上那只母猪。

狼高叫道："听着，我现在要置你于死地。"

母猪说道："你不该杀死我，现在的你已是一个高尚的罗马教徒了。"

狼说："我才不管什么罗马教徒不罗马教徒，我一定要杀死你！"

母猪答道："假如你坚持要这样做，那就请你过些时候再来吧，我会长得很肥的。"

狼再次被蒙骗过去，他又折回去，找到那匹老马。"喂，你听着！"狼对母马叫道，"我不能不立即杀死你了。"

母马回答说："好吧！倘若你的主意已定，那我还能说什么？不过，请你看一下我的后蹄，前几天，我的主人让人给我重新打了马掌。铁匠在马蹄铁上还标上了我的年龄，你也该看看我有多大年纪了，以便在别人面前吹吹，这会给你带来很大的荣誉。"狼一听很高兴，便走到母马跟前，母马提起腿，用马蹄铁对着狼的脑袋猛地狠狠踢去。顿时，狼被踢得头破血流，踉踉跄跄地逃跑了。